# MÉDITATION

## A LA CAMPAGNE;

### PAR A.-H. LEMONNIER.

Rouen,

IMPRIMERIE D'ÉMILE PÉRIAUX, RUE PERCIÈRE, 26.

1844.

# MÉDITATION

## A LA CAMPAGNE.

Hoc erat in votis.....

HORAT. *Sat.* VI, lib. II.

Là se bornaient mes vœux : un petit coin de terre,
Maisonnette et verger ; près du toît solitaire,
Un bois. La Providence a comblé mes souhaits,
Et je me sens heureux des dons qu'elle m'a faits.
Ce que j'avais rêvé je l'obtins en partage,
C'est assez ; de quel droit désirer davantage ?
Dirai-je follement : « le terrain du voisin
« Pourrait d'un tiers d'arpent agrandir mon jardin ?
Propos d'ambitieux ! vrai langage de prince !
Un conquérant ainsi convoite une province ;

Mais qui veut trop tenir mal tient. Dirai-je encor :
« Un manant, l'an passé, découvrit un trésor
« En labourant le sol, et d'humble prolétaire
« Il s'est vu tout-à-coup électeur censitaire.
« Ne pourrais-je, à mon tour, en creusant avec soin,
« Trouver un riche vase enterré dans un coin,
« De précieux débris, des médailles antiques '? »
Vœu stérile ! A quoi bon de semblables reliques ?
Je possède ici-bas — le ciel l'a bien voulu —
Avec le nécessaire un peu de superflu,
Médiocrité d'or, véritable fortune
Que tant d'autres n'ont pas ; et ma voix importune,
Du ton d'un mendiant, quêteur sans dignité,
Exigerait toujours sans avoir mérité !
Non, non, je n'attends plus de la bonté céleste
Que de savoir jouir et du temps qui me reste,
Et des modestes biens qui me sont départis.

Sur l'un de ces coteaux avec grace arrondis,
Qui de Montmorenci dessinent la vallée,
Comme un nid dans les bois, ma maison isolée
S'encadre de verdure ; et c'est un nid vraiment,
Car une bonne mère avec son cœur aimant
Y couve ses petits, un garçon, une fille ;
Celui-là bégayant, celle-ci qui babille ;
L'une qui par ses jeux, l'autre qui par ses cris,
Me font un doux tourment, quand auprès d'eux j'écris
Prose ou vers ; ma cervelle, en cette vaine escrime,
Perd le sens avec l'un, avec l'autre la rime.
Chers enfants ! tour-à-tour nos anges, nos démons,
Notre peine souvent, peine que nous aimons !

Mon village est Saint-Prix, dont Ginguené, Sédaine
Ont chéri le séjour [2] : son patron , sa fontaine
Sont vantés : de la source on admire les eaux ;
A la gloire du Saint on a de Despréaux
Six vers [3] ; la poésie est l'encens du Parnasse.
Sauf l'Anio, qui manque à mon endroit, Horace
L'eût pris pour son Tibur ; des hauteurs de Saint-Prix,
A l'horison lointain l'œil découvre Paris ,
Comme de Tivoli l'on apercevait Rome.
La vallée est célèbre ; en tous lieux on renomme
Sa forêt et son lac, ses agrestes plaisirs :
A son charme se joint l'attrait des souvenirs [4] ;
Rousseau crut un moment y revoir ses *Charmettes* [5] ;
Mais trop près de l'hermite un essaim de coquettes,
De beaux-esprits mondains , répandait à foison
Erreurs et vérités, et folie et raison.
C'étaient les partisans d'une philosophie
Sensuelle, commode, et trop souvent impie ;
Le fougueux Diderot, prolixe, mais disert ;
Le chantre des *Saisons*, l'élégant Saint-Lambert ;
Grimm , à la tête froide , au cœur problématique,
Et d'Holbach l'incrédule, et Duclos le caustique :
C'étaient Galiani, grand diseur de bons mots ;
Des femmes, des seigneurs , doués de l'à-propos :
Tous causaient à ravir, mais de la capitale
Ils transportaient aux champs leur douteuse morale [6].

Notre vallée a vu de nouveaux habitants,
Et le goût a changé comme change le temps.
On dépensait l'esprit, c'est l'argent qu'on dépense ;
Des graces d'autrefois la richesse dispense :

La simplicité vieille excitant les dédains,
On bâtit dans les bois des palais citadins.
Que dirais-tu, Jean-Jacque, ô toi ! mon pauvre sage,
Si tu pouvais renaître , et voir ton *hermitage*
De pompeuses *villas* désormais entouré [7] ?
On t'entendrait gémir, et d'un cœur ulcéré,
Maudire éloquemment les maisons ciselées,
Usurpant la forêt , profanant ses allées :
Tu fuirais.... Mais où fuir pour vivre sans témoin ?
Les pays inconnus , s'il en est, sont bien loin.

Acceptons le pays et le siècle où nous sommes :
Le génie a seul droit de régenter les hommes ;
Ils sont ce qu'ils étaient , ce qu'ils seront plus tard ;
Mais n'est-il pas permis de se mettre à l'écart ?
La retraite est prudence, et non misantropie.
Exempt de haine aveugle ou de colère impie,
Navigateur lassé, j'ai voulu le repos.
Que pouvais-je opposer à la fureur des flots
Sans cesse tout couverts de débris de naufrages?
Lorsque le vent mugit, quand viennent les orages ,
Faut-il , sur le navire où l'on est passager,
S'érigeant en pilote, augmenter le danger ?
Non , dans ces mêmes flots, traversés avec crainte ,
Mon inutile ardeur s'est pour jamais éteinte :
J'ai payé mon tribut ; enfin , je touche au port ;
Adieu fortune, espoir ! Assez long-temps le sort
Me prit pour dupe, ailleurs qu'il cherche des victimes [8].

Quatre conditions nous rendent légitimes
Les douceurs du repos ; ces clauses les voici,
Un bizarre écrivain les énumère ainsi :

« Bâtir une maison, et composer un livre,
« Planter un arbre, et puis dans un enfant revivre [9]. »
Bien ou mal j'ai rempli, si *Tristram* a raison,
Tous ces devoirs, enfant, arbre, livre, maison ;
Que dis-je ? sur deux points j'eus trop d'exactitude ;
Scrupuleux à l'excès, suivant mon habitude,
J'ai mis au pluriel et le livre et l'enfant ;
Tristram, que j'ai cité, n'en demandait pas tant.

Mes livres, c'en est fait, ont eu leurs destinées ;
Je les crus assez bons durant quelques années ;
J'abandonne, il le faut, cette flatteuse erreur ;
Mais, quant à mes enfants, ma vanité d'auteur
Se prolonge, et dût-on s'en moquer à la ronde,
Ils sont miens, comme tels, les plus charmants du monde.
Pour ma maison des champs, je la vois ce qu'elle est,
Toute simple, modeste, et c'est ce qui m'en plaît.
Sur les coteaux voisins, même dans mon village,
Brille plus d'un château ; ce pompeux entourage
Me sert de perspective ; il réjouit mes yeux ;
Mais à d'humbles désirs, humble gîte sied mieux.
Une salle à manger pour dix, sans trop de gêne,
— De sincères amis puissé-je la voir pleine [10] ! —
Trois chambrettes, assez pour loger au besoin
D'heureux couples, — L'amour préfère un petit coin, —
Pour l'étude un réduit qui fait oublier l'heure,
Voilà, dans son entier, ma champêtre demeure.
*Le soleil, en naissant, la regarde d'abord,*
*Et le mont la défend des outrages du nord :*
Ces deux vers si connus pour le manoir d'*Hautile*,
Leur auteur les eût faits pour peindre mon asile [11].

Or, du mont protecteur, qui m'abrite si bien,
Une part, fort petite, il est vrai, m'appartient ;
C'est un bois, mon bonheur, quand l'écho m'y renvoie
Le rire maternel et l'enfantine joie :
J'y suis heureux encor, même seul, quand j'y vais
Aux heures de silence où l'on médite en paix.
J'aime les bois, le chêne et sa mobile voûte,
Sous ce dôme riant la fraîcheur que l'on goûte,
Des châtaigniers touffus le demi-jour charmant,
Et la senteur des pins, et le bruissement
Du mélèze, imitant le murmure de l'onde.
Dans mon arpent je règne et je m'y crée un monde :
Roi, je suis entouré d'un peuple végétal,
Et celui-là, du moins, ne songe point à mal ;
Avec lui je me plais, car cette multitude,
Bien loin de la troubler, accroît ma solitude.
J'ai vu, j'ai vu pourtant au calme accoutumé
Succéder le tumulte, un orage enflammé,
Parti de l'occident, assaillir la campagne,
Et venir, en passant, fondre sur ma montagne.
L'image d'un combat s'offre alors à mes yeux :
Tous mes arbres, poussés par un vent furieux,
Semblent avec transport lutter ; dans la mêlée
S'agite du bouleau la tête échevelée ;
L'émeute est dans mon bois ; mainte branche en pâtit ;
Mais, la cause cessant, le désordre finit ;
L'ennemi vole ailleurs, et j'entends la fauvette
Proclamer qu'il s'éloigne, et que la paix est faite.

Faut-il imprudemment, quand je puis l'éviter,
Faire tête à l'orage et courir l'affronter ?

Aux tempêtes des bois, comme à celles du monde,
Je me sens inutile, et si la foudre gronde,
N'y pouvant rien, je gagne aussitôt mon réduit,
Où, distrait par l'étude, et m'isolant du bruit,
J'échappe en même temps aux tracas du ménage.
Là, lisant un poète, ou les écrits d'un sage,
Au génie en mon cœur j'élève des autels.
Mon refuge est peuplé de ces morts immortels,
Autre foule paisible, et qui jamais ne lasse :
C'est Virgile et Racine, et Voltaire et Le Tasse ;
Despréaux près d'Horace ; autour de Cicéron,
Bossuet, Montesquieu, Rollin et Fénélon ;
Puis Montaigne, Pascal, Jean-Jacques, La Bruyère,
Et, réunis à part, La Fontaine et Molière ;
Tant d'autres, dont les noms, chéris de l'univers,
N'ont, pour être cités, nul besoin de mes vers.
Parmi ces morts fameux, élite révérée,
A peu d'auteurs vivants si je permets l'entrée,
La censure y perdrait sa peine, sur ma foi ;
Ma réponse est fort simple : on est maître chez soi.
Aisément, au surplus, tout bon esprit devine
Que je me garde bien d'exclure Lamartine,
Châteaubriant, plusieurs de nos contemporains,
Dont les droits désormais ne sont plus incertains ;
Mais je n'accepte point, ici je le confesse,
Maint candidat de gloire, imposé par la presse.
Arbre de la science, et du bien, et du mal,
La presse, dès que l'homme inventa le journal,
Nous a donné pour bons des fruits d'un goût étrange.
Du juste et de l'injuste insidieux mélange,

Le journal, c'est la langue, un organe assoupli,
Véridique, menteur, courageux, avili ;
C'est enfin, tour-à-tour sérieuse ou futile,
De la société l'expression mobile.

Notre monde se meut plus vîte que jamais,
Et chaque mouvement s'intitule progrès ;
Tout passe, opinions, lois, puissance, fortune ;
Les arts sont emportés sur la pente commune ;
La vie est une course, et les chemins de fer
Sont exprès pour ce siècle importés de l'enfer.
L'homme, toujours courant, n'a plus le temps de vivre :
Haletant vers le but qu'il s'acharne à poursuivre,
Comme on suit au désert le mirage trompeur,
Pour trouver le progrès il laisse le bonheur.
Bonheur, progrès, pourquoi ne vont-ils pas ensemble?
C'est que l'homme inconstant gâte ce qu'il assemble,
C'est qu'ici-bas le mieux est l'ennemi du bien.
Rien de trop, cet adage est bon, j'en fais le mien,
Il résume, en trois mots, la sagesse réelle.
De l'élan des esprits l'apparence est fort belle ;
Le succès vaudra-t'il ce qu'il aura coûté?
Unira-t'on le luxe avec la liberté ?
Marchons-nous vers la gloire, ou vers la décadence [12] ?
Hélas! Dieu des humains a borné la prudence ;
Où brille la lumière il faut craindre le feu.
Que d'efforts! le bonheur en demande si peu !
Qui le cherche le moins le plus souvent le trouve :
Il est rare, en effet, mais la raison nous prouve
Qu'il n'est pas chimérique, et qu'on obtient encor,
Sinon le tout, au moins une part du trésor.

Nous l'avons, cette part, près de nous, en nous-mêmes,
Si de la plainte inique et des désirs extrêmes
Nous savons nous garder ; si, modérés toujours,
Prenant, sans trop de soins, nos bons, nos mauvais jours,
Nous ne convoitons rien au-delà du possible.

Le bonheur sans limite est seul inaccessible,
Et la perfection ne nous appartient pas ;
Mais un homme, placé ni trop haut ni trop bas,
Dans cet état moyen que le sage préfère,
Ayant à ses côtés une compagne chère,
Des enfants, dont il est le conseil et l'appui,
Des amis éprouvés, un peu de terre à lui,
De la santé surtout, de pareils biens le maître,
S'il ne se dit heureux, n'est pas digne de l'être.

# NOTES.

### 1.—Page 2.

*De précieux débris, des médailles antiques.*

Les dix-sept vers qui forment le début de cet opuscule sont imités en partie de ceux par lesquels Horace a commencé sa sixième Satire. ( Liv. II. )

### 2.—Page 3.

*Mon village est Saint-Prix, dont Ginguené, Sédaine*
*Ont chéri le séjour.*

L'auteur disert de l'*Histoire littéraire de l'Italie*, Ginguené, et l'ingénieux écrivain dramatique, Sédaine, ont habité Saint-Prix ; les maisons qu'ils y possédèrent, étaient et sont encore d'agréables retraites.

On croit savoir que l'acteur Saint-Prix, de la comédie française, étant né sans nom, avait adopté celui du village où son enfance avait reçu les premiers soins. Toutefois la *Biographie universelle*, à l'article *Saint-Prix*, ne fait pas mention de cette particularité.

### 3.—Page 3.

*A la gloire du Saint on a de Despréaux*
*Six vers.*

Voici les vers dont il s'agit :

> J'ai beau m'en aller à Saint-*Prit*,
> Ce saint, qui de tous maux guérit,
> Ne saurait me guérir de mon amour extrême :
> Philis, il le faut avouer,
> Si vous ne prenez soin de me guérir vous-même,
> Je ne sais plus du tout à quel saint me vouer.

Ce madrigal, assez peu digne de l'Horace français, ne se

trouve que dans les éditions très-complètes, dans celle notamment que donna, en 1825, le savant Daunou.

Pour en finir avec Saint-Prix, rappelons que l'église de ce village a les honneurs de l'exposition permanente au Musée du Louvre, où elle figure habilement représentée dans un tableau de feu Gassies.

### 4.—Page 3.

A son charme se joint l'attrait des souvenirs.

On chercherait en vain autour de la capitale une contrée aussi intéressante que la vallée de Montmorenci. Rien n'y manque, si ce n'est un cours d'eau : au moins y a-t-il un vaste étang, que l'on qualifie du nom de lac. Cette belle vallée va posséder un chemin de fer ; les partisans du pittoresque aimeraient mieux un canal ; mais ce serait préférer l'agréable à l'utile.

Peu de régions sont en même-temps aussi riches de souvenirs, et il n'est presque pas un de ses villages qui ne garde la tradition de quelque personnage célèbre. Notons-en ici plusieurs, indépendamment de ceux que nous avons déjà cités ci-dessus, et de ceux que nous citerons dans les notes suivantes.

Le bourg de Montmorenci a donné son nom à une famille, antique honneur de la monarchie. Si l'on déplore la perte du somptueux castel ducal, détruit, comme tant d'autres châteaux, par la cupidité qui ne respecte rien, on a conservé, par forme de compensation singulière, l'humble demeure consacrée par la plume d'un philosophe. C'est dans la maison dite de *Mont-Louis*, que J.-J. Rousseau écrivit sa *Lettre à d'Alembert, sur les Spectacles*; c'est là qu'il termina la *Nouvelle Héloïse*, l'*Emile*, et le *Contrat Social* (1758—1762).

Saint-Leu est veuf aussi de son manoir historique ; là le roi Louis-Philippe et S. A. R. Madame la princesse Adélaïde passèrent une partie de leur enfance ; là vécurent le roi éphémère Louis Bonaparte et la toute gracieuse Hortense ; là enfin périt tragiquement le duc de Bourbon (ce dernier événement a été consacré depuis peu par une colonne funéraire). Saint-Gratien abrita la vieillesse de Catinat, et Soisy fut le séjour favori d'un autre maréchal de France, le duc de Valmy. Franconville nous rappelle Cassini et Tressan ; Andilly, le directeur républicain La Réveillère-Lépaux ; Epinay, les savants Lacépède, Fourcroy, et l'opulent ami des arts, Sommariva.

5.—Page 3.

Rousseau crut un moment y revoir ses Charmettes.

Ce fut du 9 avril 1756 au 15 décembre 1757, que le philosophe génevois occupa la maison connue sous le nom de l'*Hermitage*, auprès de Montmorenci. Tout ami de Jean-Jacques sait de reste qui lui avait offert cette retraite, combien elle était de son goût, et quelles circonstances l'en firent sortir inopinément.

L'Hermitage, quand Rousseau vint l'habiter, n'était qu'une maisonnette délabrée, avec un jardin potager. Madame d'Epinay remit l'habitation à neuf, et l'agrandit suffisamment pour son hôte. A la mort de madame d'Epinay (1783), son gendre, M. de Belzunce, posséda cette maison, et l'augmenta du bâtiment qui fait face à la grille actuelle. M. de Belzunce ayant émigré en 1791, la propriété fut dévolue successivement à plusieurs personnes de noms ignorés. Un homme plus notable, Regnault-de-Saint-Jean-d'Angély, l'habita quelque temps. On a même prétendu qu'il s'était vu obligé de céder cet asile à Robespierre, et que ce monstre y aurait couché l'avant-veille de son châtiment. Un digne propriétaire de l'Hermitage, Grétry, l'acheta le 10 septembre 1798 : ce célèbre compositeur y est mort le 24 septembre 1813.

Tant de possesseurs, avant et depuis Grétry, ont tellement modifié les bâtiments et le jardin, qu'il n'y reste presque plus rien de l'état primitif. Il convient de n'accueillir qu'avec défiance les renseignements donnés sur place, et les traditions de plus en plus incertaines qu'on offre en aliment à la curiosité.

### 6.—Page 5.

*Ils transportaient aux champs leur douteuse morale.*

Il est question, dans ce passage, de la société de madame d'Epinay, réunion éminemment spirituelle et passablement licencieuse, que nous font si bien connaître les *Confessions* de J.-J. Rousseau, la *Correspondance* de Diderot, et les *Mémoires*, bien qu'apocryphes, de madame d'Epinay elle-même. Cette dame, ou son mari, possédait, non loin de Montmorency, le château dit de *la Chevrette*, où affluait, durant la belle saison, une foule mêlée de beaux-esprits et de femmes à la mode, de riches mondains, et même de gens de théâtre. Duclos, Diderot, l'abbé napolitain Galiani, étaient des hôtes très-recherchés, à cause de leur esprit incisif, et Grimm était plus que l'hôte de la châtelaine. Saint-Lambert et madame d'Houdetot, tous deux habitants d'Aubonne, et voisins de la Chevrette, y venaient assidûment. Quant au baron d'Holbach, il y paraissait peu, occupé qu'il était, de son côté, à faire, à peu-près aux mêmes personnages, les honneurs de sa propriété de *Grandval*, entre Charenton et Grosbois.

Le château de la Chevrette n'existe plus. Il en est de même d'une belle habitation que madame d'Houdetot possédait à Sannois; mais la maison que cette dame occupait à Aubonne, et qu'elle tenait à loyer, subsiste encore, ainsi que celle de Saint-Lambert. Cette dernière a appartenu, pendant un certain temps, à Regnault-de-Saint-Jean-d'Angély.

### 7.—Page 4.

*De pompeuses villas désormais entouré.*

Là où il n'y avait, du temps de Jean-Jacques, qu'une seule habitation, l'Hermitage, on trouve à présent un hameau, formé en grande partie de modernes maisons de plaisance, dont l'une, particulièrement, est un petit palais, orné de marbres et de sculptures. Une allée, autrefois solitaire, porte maintenant la dénomination de *rue Grétry*. La maison qui, dans cette rue, est connue sous le nom de *Châlet*, a appartenu au littérateur Aignan, de l'Académie française.

### —8. Page 4.

Enfin je touche au port ;
Adieu fortune, espoir ! Assez long-temps le sort
Me prit pour dupe ; ailleurs qu'il cherche des victimes.

Ces vers sont la traduction du dystique latin si connu :

Inveni portum ; spes et fortuna valete !
Sat me lusistis, ludite nunc alios.

### 9.—Page 5.

Bâtir une maison, et composer un livre,
Planter un arbre, et puis dans un enfant revivre.

« Les philosophes comptent quatre devoirs caractéristiques « de l'homme : bâtir une maison, planter un arbre, écrire « un livre, et faire un enfant. »

STERNE, *Tristram-Shundy*, chap. IV.

### 10.—Page 5.

De sincères amis puissé-je la voir pleine !

Utinàm, inquit, veris hanc amicis impleam !
PHŒD. *Socratis dictum.*

### 11.—Page 5.

Ces deux vers si connus pour le manoir d'*Hautile*,
Leur auteur les eût faits pour peindre mon asile.

Voyez l'*Epître de Boileau à M. de Lamoignon.* Hautile, petite seigneurie au bord de la Seine, près de la *Roche-Guyon*, appartenait à M. Dongois, neveu de Boileau.

### —12. Page 8.

*Marchons-nous vers la gloire, ou vers la décadence ?*

Loin de moi la pensée de contester les progrès, œuvres caractéristiques de notre époque! Ceux qu'enfante chaque jour le génie de l'industrie, sont manifestes. L'indécision, à leur égard, ne saurait porter que sur les dangers inhérents à certaines inventions de vaste appareil ; dangers de double nature, compromettant, les uns, la sûreté, les autres, la fortune publique. Ne s'offre-t-il pas aussi des perfectionnements tendant à agrandir sans mesure le faste, sous couleur d'augmenter le bien-être ; et l'histoire des peuples ne nous enseigne-t-elle pas l'incompatibilité du luxe avec la liberté ?

Quant aux arts proprement dits et à la littérature, je ne suis certes pas seul à penser qu'ils se laissent fourvoyer par un dédain trop orgueilleux des traditions. Bien d'autres que moi mettent en doute, surtout, la moralité du journalisme et l'équité de ses jugements.

Il y aura bientôt cent ans ( c'était en 1750), une académie de province (celle de Dijon) , souleva une question qui émut le monde littéraire. Un écrivain, très-ignoré alors, et désormais immortel, entreprit de démontrer que les sciences et les arts, loin de contribuer à épurer les mœurs, les ont constamment dénaturées. Telle fut, en cette occasion, l'éloquence de Rousseau, que bien des gens se demandent encore si son discours n'est qu'un célèbre paradoxe. *Adhùc sub judice lis est*, et la question est de celles que décident les faits.

En si grave matière, quelques vers, fussent-ils très-bien tournés, ne seraient pas des arguments de poids ; on ne doit donc prendre les miens que pour une boutade plus ou moins poétique.

Ce commentaire d'un fragment de la *Méditation* d'un

*campagnard*, devient plus long que le fragment lui-même. Cependant il m'a paru de précaution utile ; car maintenant on rencontre peu de lecteurs bénévoles, et plus d'un est très-prompt à fulminer les grands mots, passablement durs, d'*esprit rétrograde*, ou *retardataire*, contre tout homme assez indépendant pour ne pas encenser les nouvelles idoles.